回首望尽盛唐月
书香万里缀飞雪

目录

第一卷 湖光山色 美景如歌

齐白石·人间佳果 荔枝

第二卷 闲云野鹤 淡然如墨

第三卷 人间暑寒 四季如画

第四卷 情有冷暖 我心如火

第五卷 大江东去 浩志如虹

第六卷 烽火黄沙 江山如罗

第一卷

湖光山色　美景如歌

齐白石 · 龙井涤砚图

石鱼湖上醉歌

元结

石鱼湖，似洞庭，夏水欲满君山青。
山为樽，水为沼，酒徒历历坐洲岛。
长风连日作大浪，不能废人运酒舫。
我持长瓢坐巴丘，酌饮四坐以散愁。

废：阻止。
长瓢：饮酒器。

荦确：读音 luò què，指山石险峻不平的样子。

疏粝：读音 shū lì，糙米饭。

枥：读音 lì，同『栎』，落叶乔木。

鞿：读音 jī，马缰绳。这里作动词用，比喻受人牵制、束缚。

吾党二三子：指和自己志趣相合的几个朋友。

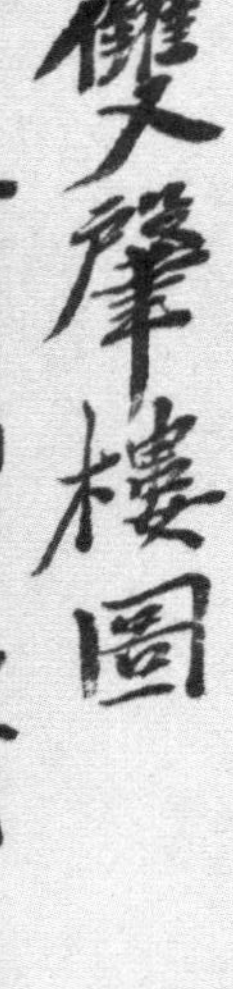

齐白石・双肇楼图

山石

韩愈

山石荦确行径微，黄昏到寺蝙蝠飞。
升堂坐阶新雨足，芭蕉叶大栀子肥。
僧言古壁佛画好，以火来照所见稀。
铺床拂席置羹饭，疏粝亦足饱我饥。
夜深静卧百虫绝，清月出岭光入扉。
天明独去无道路，出入高下穷烟霏。
山红涧碧纷烂漫，时见松枥皆十围。
当流赤足踏涧石，水声激激风吹衣。
人生如此自可乐，岂必局束为人鞿？
嗟哉吾党二三子，安得至老不更归。

齐白石·逍遥游借山图

望岳

杜甫

岱宗夫如何？齐鲁青未了。
造化钟神秀，阴阳割昏晓。
荡胸生层云，决眦入归鸟。
会当凌绝顶，一览众山小。

岱宗：读音 dài zōng，对泰山的尊称。
决眦：读音 jué zì，指极目远望。

隈隩：读音 wēi ào，曲折幽深的山坳河岸。

齐白石·桃源地图

桃源行

王维

渔舟逐水爱山春，两岸桃花夹古津。
坐看红树不知远，行尽青溪不见人。
山口潜行始隈隩，山开旷望旋平陆。
遥看一处攒云树，近入千家散花竹。
樵客初传汉姓名，居人未改秦衣服。
居人共住武陵源，还从物外起田园。
月明松下房栊静，日出云中鸡犬喧。
惊闻俗客争来集，竞引还家问都邑。
平明闾巷扫花开，薄暮渔樵乘水入。
初因避地去人间，及至成仙遂不还。
峡里谁知有人事，世中遥望空云山。
不疑灵境难闻见，尘心未尽思乡县。
出洞无论隔山水，辞家终拟长游衍。
自谓经过旧不迷，安知峰壑今来变。
当时只记入山深，青溪几度到云林。
春来遍是桃花水，不辨仙源何处寻。

樊圻・山水册一〇

青溪

王维

言入黄花川，每逐青溪水。
随山将万转，趣途无百里。
声喧乱石中，色静深松里。
漾漾泛菱荇，澄澄映葭苇。
我心素已闲，清川澹如此。
请留磐石上，垂钓将已矣。

青溪：地名，在今陕西勉县之东。

青冥浩荡不见底，日月照耀金银台。
霓为衣兮风为马，云之君兮纷纷而来下。
虎鼓瑟兮鸾回车，仙之人兮列如麻。
忽魂悸以魄动，怳惊起而长嗟。
惟觉时之枕席，失向来之烟霞。
世间行乐亦如此，古来万事东流水。
别君去兮何时还？
且放白鹿青崖间，须行即骑访名山。
安能摧眉折腰事权贵，使我不得开心颜！

剡：读音 shàn，水名。
屐：读音 jī，木屐。
暝：读音 míng，日落，天黑。
訇：读音 hōng，形容声音很大。

齐白石 · 溪柳人家图

梦游天姥吟留别

李白

海客谈瀛洲，烟涛微茫信难求。
越人语天姥，云霞明灭或可睹。
天姥连天向天横，势拔五岳掩赤城。
天台四万八千丈，对此欲倒东南倾。
我欲因之梦吴越，一夜飞度镜湖月。
湖月照我影，送我至剡溪。
谢公宿处今尚在，渌水荡漾清猿啼。
脚著谢公屐，身登青云梯。
半壁见海日，空中闻天鸡。
千岩万转路不定，迷花倚石忽已暝。
熊咆龙吟殷岩泉，栗深林兮惊层巅。
云青青兮欲雨，水澹澹兮生烟。
列缺霹雳，丘峦崩摧。
洞天石扉，訇然中开。

齐白石·霞绮横琴图

宿建德江

孟浩然

移舟泊烟渚，
日暮客愁新。
野旷天低树，
江清月近人。

烟渚：指江中雾气笼罩的小沙洲。

樊圻・山水册○三

过故人庄

孟浩然

故人具鸡黍，邀我至田家。
绿树村边合，青山郭外斜。
开轩面场圃，把酒话桑麻。
待到重阳日，还来就菊花。

黍：读音 shǔ，黄米，古代认为是上等的粮食。
郭外：村寨之外，村郊。

石門卧雲圖
提壺獨上石
門寬不散雲
陰暑亦寒
睡足忘歸
思伴醉隔
三千里嗟
陳摶

齐白石·石门卧云图

登鹳雀楼

王之涣

白日依山尽，
黄河入海流。
欲穷千里目，
更上一层楼。

槐陰莫蟬圖
三徑蘚苔上玉階詩翁六
月不曾來空山落日無人
響斷續蟬聲在綠槐

齐白石·槐荫莫蝉图

登乐游原

李商隐

向晚意不适，
驱车登古原。
夕阳无限好，
只是近黄昏。

樊圻·山水册一五

桃花溪

张旭

隐隐飞桥隔野烟，
石矶西畔问渔船。
桃花尽日随流水，
洞在清溪何处边？

齐白石·凫汀借山图

乌衣巷

刘禹锡

朱雀桥边野草花，
乌衣巷口夕阳斜。
旧时王谢堂前燕，
飞入寻常百姓家。

柳溪晚釣圖
日長最好晚涼
幽柳外閒盟水
上鷗不使山川空
寂寞却無魚處
且勾留

竹枝词

刘禹锡

杨柳青青江水平，
闻郎江上唱歌声。
东边日出西边雨，
道是无晴却有晴。

齐白石·柳溪晚钓图

陈少梅・万壑松风图

同题仙游观

韩翃

仙台初见五城楼，风物凄凄宿雨收。
山色遥连秦树晚，砧声近报汉宫秋。
疏松影落空坛静，细草香生小洞幽。
何用别寻方外去，人间亦自有丹丘。

砧：读音zhēn，砧声指在捣衣石上捣衣的声音。

空坛：与下小洞皆指道观景物。

一水漲蒲綠半天雲雨清扁舟去
遠浦可逐打魚情瞎尊者

村夜

白居易

霜草苍苍虫切切，
村南村北行人绝。
独出前门望野田，
月明荞麦花如雪。

第二卷

闲云野鹤 淡然如墨

齐白石·秋渡借山图

春泛若耶溪

綦毋潜

幽意无断绝，此去随所偶。
晚风吹行舟，花路入溪口。
际夜转西壑，隔山望南斗。
潭烟飞溶溶，林月低向后。
生事且弥漫，愿为持竿叟。

綦毋：读音 qí wú，复姓。
壑：读音 hè，山谷。

齐白石・甘吉藏书图

晨诣超师院读禅经

柳宗元

汲井漱寒齿，清心拂尘服。
闲持贝叶书，步出东斋读。
真源了无取，妄迹世所逐。
遗言冀可冥，缮性何由熟。
道人庭宇静，苔色连深竹。
日出雾露余，青松如膏沐。
澹然离言说，悟悦心自足。

诣：读音yì，到，往。
遗言：指佛经所言。
冥：暗合，指心悟。

樊圻·山水册〇九

溪居

柳宗元

久为簪组累，幸此南夷谪。
闲依农圃邻，偶似山林客。
晓耕翻露草，夜榜响溪石。
来往不逢人，长歌楚天碧。

簪组：冠簪和冠带，指做官。
楚天：永州古属楚国，故称「楚天」。

齐白石·棣楼吹笛图

琴歌

李颀

主人有酒欢今夕，请奏鸣琴广陵客。
月照城头乌半飞，霜凄万木风入衣。
铜炉华烛烛增辉，初弹渌水后楚妃。
一声已动物皆静，四座无言星欲稀。
清淮奉使千余里，敢告云山从此始！

渌水、楚妃：都是古琴曲。

齐白石・松山竹马图

夜归鹿门歌

孟浩然

山寺钟鸣昼已昏，渔梁渡头争渡喧。
人随沙岸向江村，余亦乘舟归鹿门。
鹿门月照开烟树，忽到庞公栖隐处。
岩扉松径长寂寥，惟有幽人自来去。

渔梁：洲名，在湖北襄阳城外汉水中。
余：我。

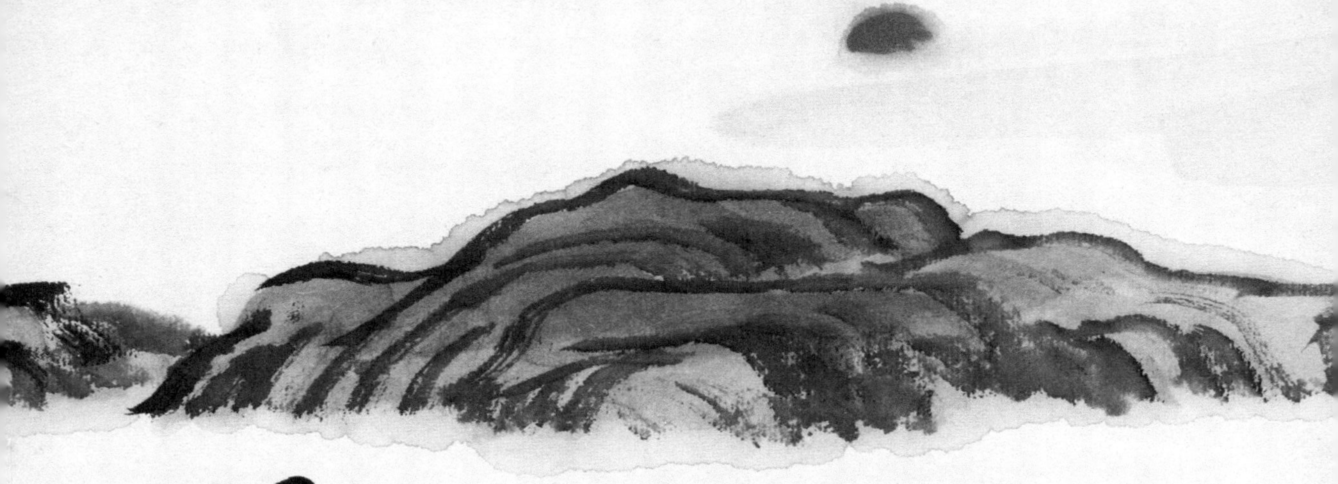

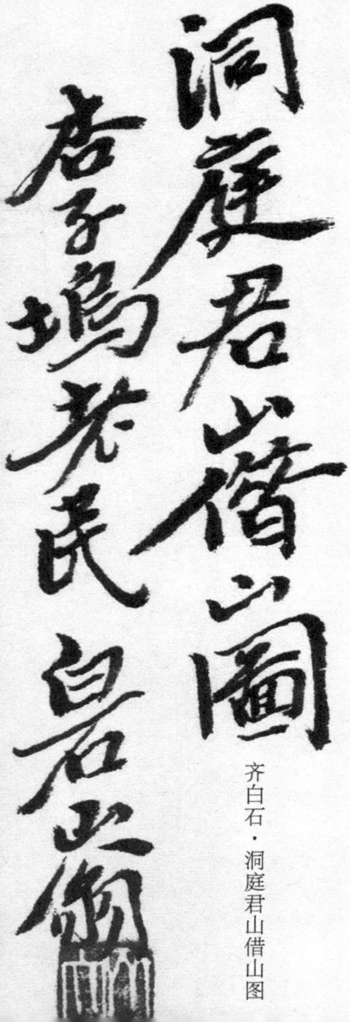

齐白石·洞庭君山借山图

涵虚：包含天空，指天空倒映在水中。

端居耻圣明：生在太平盛世自己却闲居在家，因此感到羞愧。

望洞庭湖赠张丞相

孟浩然

八月湖水平，涵虚混太清。
气蒸云梦泽，波撼岳阳城。
欲济无舟楫，端居耻圣明。
坐观垂钓者，徒有羡鱼情。

齐白石·竹院围棋图

题破山寺后禅院

常建

清晨入古寺，初日照高林。
曲径通幽处，禅房花木深。
山光悦鸟性，潭影空人心。
万籁此俱寂，但余钟磬音。

陈少梅·访友图

归嵩山作

王维

清川带长薄，车马去闲闲。
流水如有意，暮禽相与还。
荒城临古渡，落日满秋山。
迢递嵩高下，归来且闭关。

迢递：遥远的样子。

齐白石·春风万里借山图

酬张少府

王维

晚年唯好静，万事不关心。
自顾无长策，空知返旧林。
松风吹解带，山月照弹琴。
君问穷通理，渔歌入浦深。

北青萝

李商隐

残阳西入崦，茅屋访孤僧。
落叶人何在，寒云路几层。
独敲初夜磬，闲倚一枝藤。
世界微尘里，吾宁爱与憎。

崦：读音 yān，即崦嵫山，在今甘肃。

齐白石·秋山借山图

行经华阴

崔颢

岧峣太华俯咸京，天外三峰削不成。
武帝祠前云欲散，仙人掌上雨初晴。
河山北枕秦关险，驿路西连汉畤平。
借问路旁名利客，何如此处学长生。

岧峣：读音 tiáo yáo，山势高峻的样子。

齐白石·松屋游归借山图

送崔九

裴迪

归山深浅去，
须尽丘壑美。
莫学武陵人，
暂游桃源里。

白石老人作
自造稿

齐白石・松岭吟哦借山图

将赴吴兴登乐游原

杜牧

清时有味是无能，
闲爱孤云静爱僧。
欲把一麾江海去，
乐游原上望昭陵。

齐白石·秋水鸬鹚借山图

江村

杜甫

清江一曲抱村流，长夏江村事事幽。
自去自来堂上燕，相亲相近水中鸥。
老妻画纸为棋局，稚子敲针作钓钩。
多病所须唯药物，微躯此外更何求？

湖橋泛月圖
二頃菰蒲
遶水生小舫
端似白鷗
輕萍翁或
不騎鯨去
呼我湖中
蹋月明

利州南渡

温庭筠

澹然空水带斜晖，曲岛苍茫接翠微。
波上马嘶看棹去，柳边人歇待船归。
数丛沙草群鸥散，万顷江田一鹭飞。
谁解乘舟寻范蠡，五湖烟水独忘机。

齐白石·湖桥泛月图

第三卷

人间暑寒 四季如画

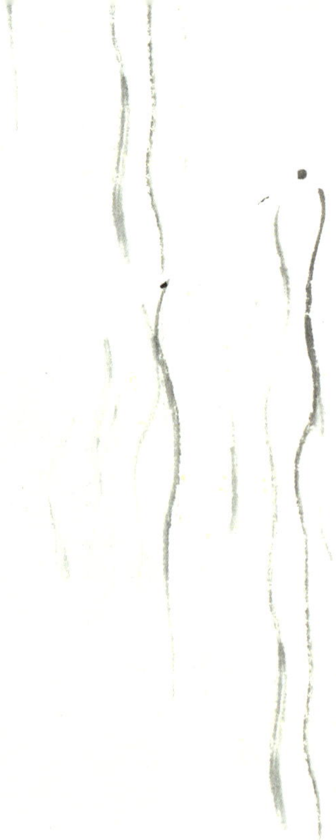

樊圻・山水册〇二

和晋陵陆丞早春游望

杜审言

独有宦游人，偏惊物候新。
云霞出海曙，梅柳渡江春。
淑气催黄鸟，晴光转绿蘋。
忽闻歌古调，归思欲沾巾。

蘋：读音pín，浮萍。

春思

李白

燕草如碧丝，秦桑低绿枝。
当君怀归日，是妾断肠时。
春风不相识，何事入罗帏。

齐白石·葛园耕隐借山图

齐白石·归帆借山图

滁州西涧

韦应物

独怜幽草涧边生，
上有黄鹂深树鸣。
春潮带雨晚来急，
野渡无人舟自横。

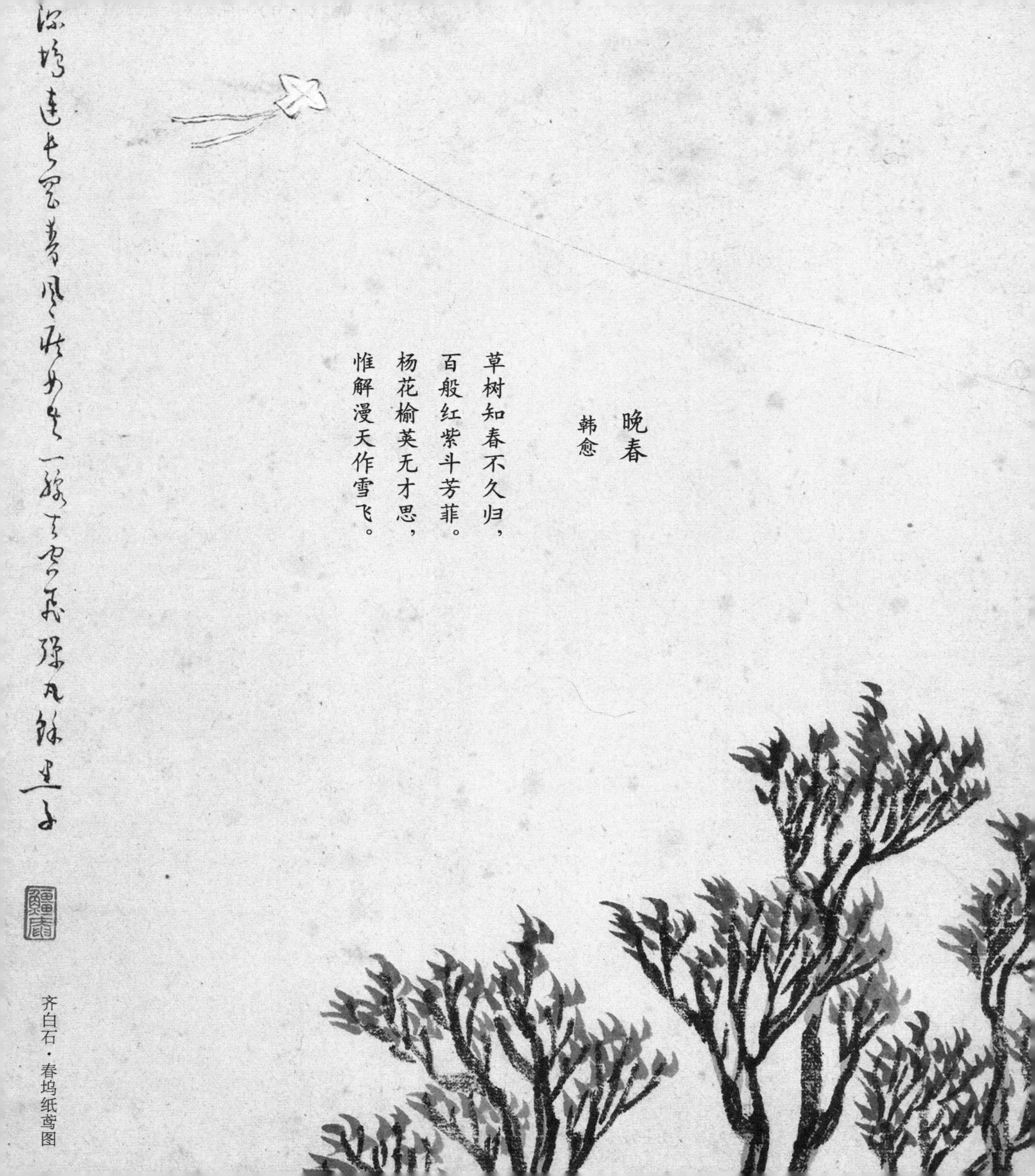

晚春

韩愈

草树知春不久归，
百般红紫斗芳菲。
杨花榆荚无才思，
惟解漫天作雪飞。

齐白石·春坞纸鸢图

春鵄帋鳶圖
仰觀萬丈落
儒冠一綫欲飛雲
際寒不見求鳶
天上去諸君塵
世未容看

夏日对雨

裴度

登楼逃盛夏，万象正埃尘。
对面雷嗔树，当街雨趁人。
檐疏蛛网重，地湿燕泥新。
吟罢清风起，荷香满四邻。

齐白石·可惜无声图

齐白石·花卉图

昊天：夏天。

虚明：月光。

笳：读音 jiā，中国古代北方民族的一种乐器，类似笛子。

鹳鹤：读音 guàn hè，水鸟名。

时康：天下安康太平。

夏夜叹

杜甫

永日不可暮，炎蒸毒我肠。
安得万里风，飘飖吹我裳。
昊天出华月，茂林延疏光。
仲夏苦夜短，开轩纳微凉。
虚明见纤毫，羽虫亦飞扬。
物情无巨细，自适固其常。
念彼荷戈士，穷年守边疆。
何由一洗濯，执热互相望。
竟夕击刁斗，喧声连万方。
青紫虽被体，不如早还乡。
北城悲笳发，鹳鹤号且翔。
况复烦促倦，激烈思时康。

齐白石 · 半亩方塘图

山亭夏日

高骈

绿树阴浓夏日长，
楼台倒影入池塘。
水精帘动微风起，
满架蔷薇一院香。

水精帘：又名水晶帘，是一种质地精细而色泽莹澈的帘。比喻晶莹华美的帘子。

齐白石·老屋听鹂图

早秋

许浑

遥夜泛清瑟，西风生翠萝。
残萤委玉露，早雁拂银河。
高树晓还密，远山晴更多。
淮南一叶下，自觉老烟波。

齐白石·桃花源借山图

秋夕

杜牧

银烛秋光冷画屏，
轻罗小扇扑流萤。
天阶夜色凉如水，
坐看牵牛织女星。

画屏：画有图案的屏风。
天阶：露天的石阶。

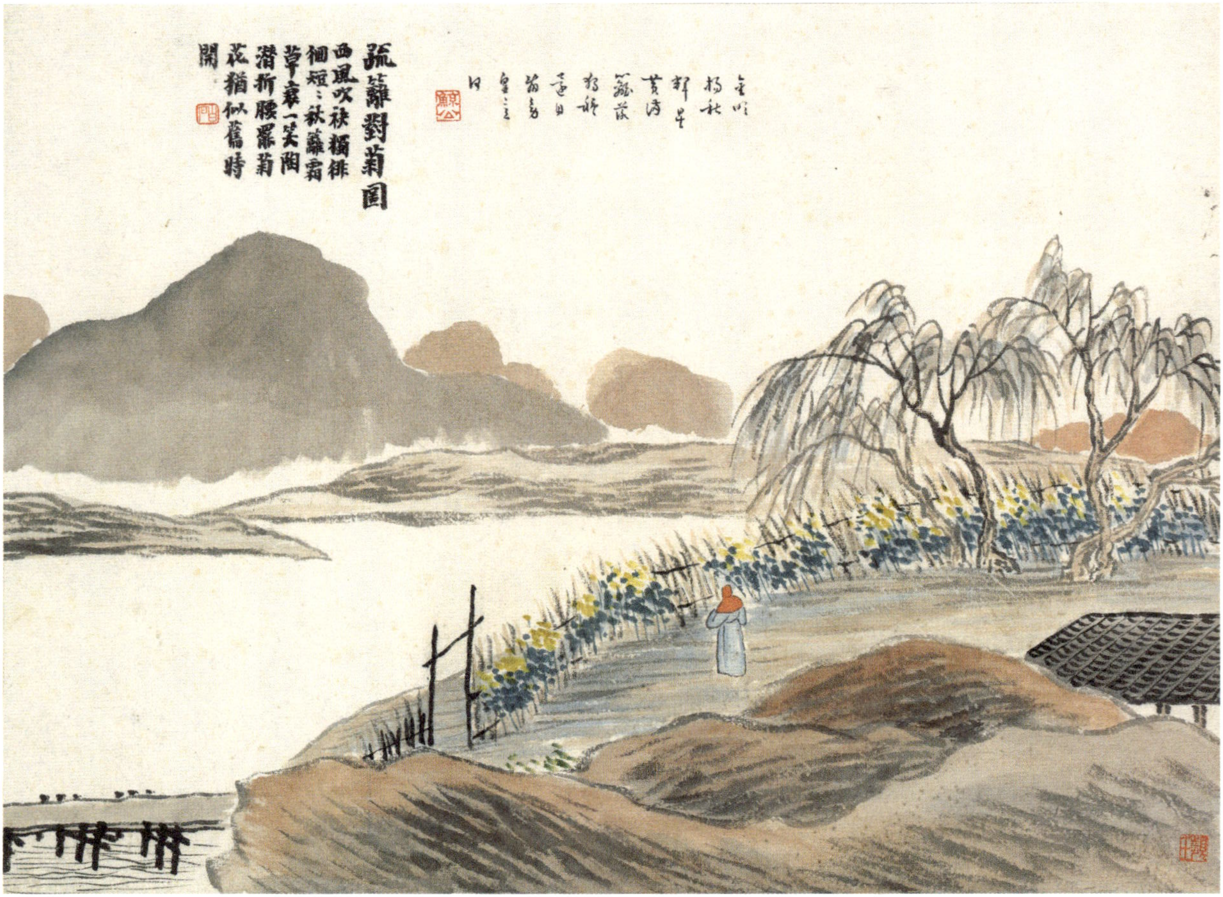

齐白石·疏篱对菊图

落花

李商隐

高阁客竟去，小园花乱飞。
参差连曲陌，**迢递**送斜晖。
肠断未忍扫，眼穿仍欲稀。
芳心向春尽，所得是沾衣。

迢递：读音 tiáo dì，高远貌。
此处指落花飞舞之高远者。

齐白石·藕池观鱼图

酬程近秋夜即事见赠

韩翃

长簟迎风早，空城澹月华。
星河秋一雁，砧杵夜千家。
节候看应晚，心期卧亦赊。
向来吟秀句，不觉已鸣鸦。

簟：读音diàn，竹名。
砧杵：捣衣用具，古代捣衣多在秋夜。
赊：落空。

癸丑清和月畫似
玉翁先生正
樊圻

樊圻・山水册〇八

终南望余雪

祖咏

终南阴岭秀，
积雪浮云端。
林表明霁色，
城中增暮寒。

齐白石·小桥无人借山图

夜雪

白居易

已讶衾枕冷，
复见窗户明。
夜深知雪重，
时闻折竹声。

衾：读音qīn，被子。

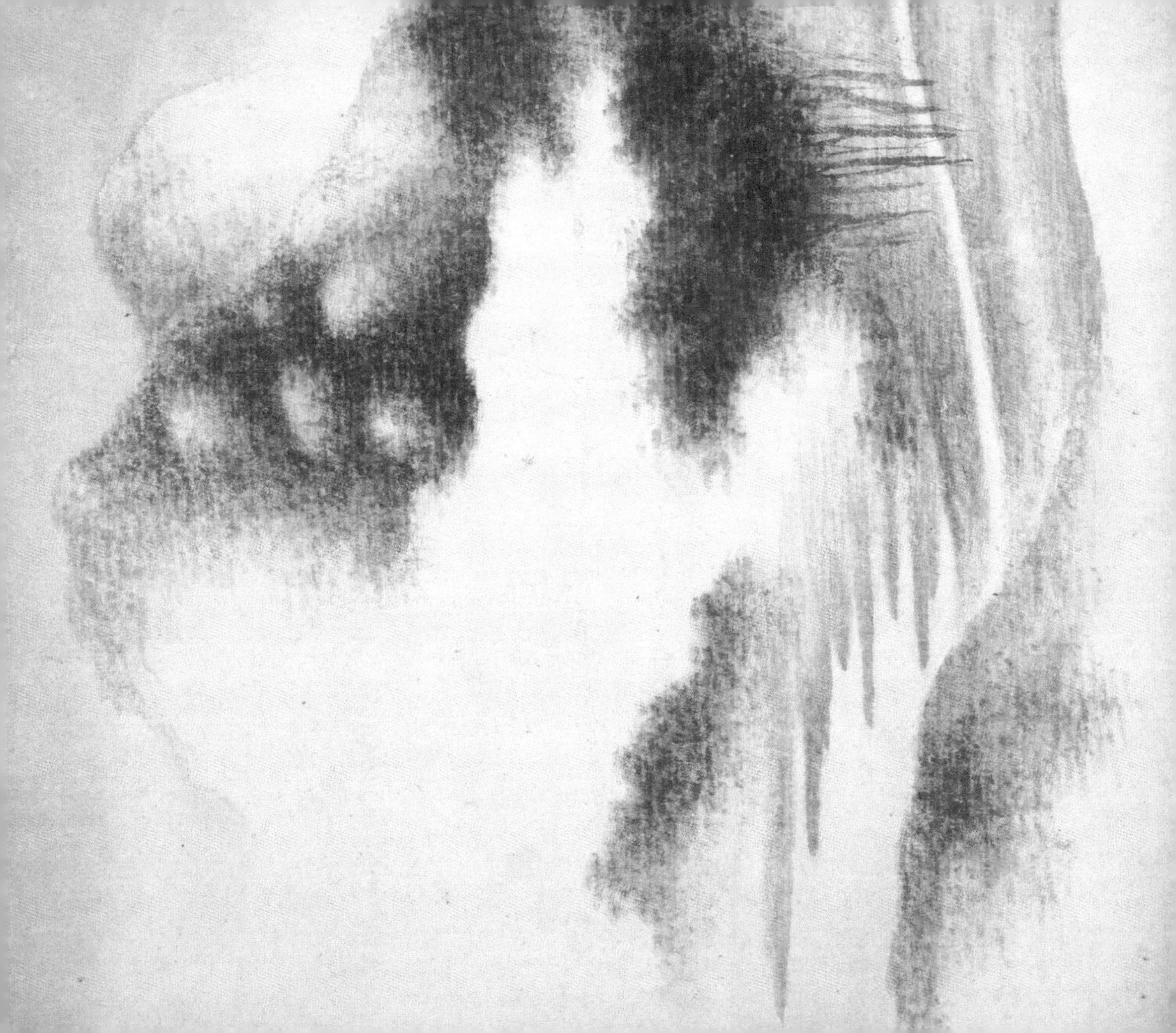

樊圻·山水册〇五

冬夕

岑参

浩汗霜风刮天地，
温泉火井无生意。
泽国龙蛇冻不伸，
南山瘦柏消残翠。

第四卷

情有冷暖 我心如火

樊圻·山水册〇四

梦李白·其一

杜甫

死别已吞声，生别常恻恻。
江南瘴疠地，逐客无消息。
故人入我梦，明我长相忆。
恐非平生魂，路远不可测。
魂来枫林青，魂返关塞黑。
君今在罗网，何以有羽翼？
落月满屋梁，犹疑照颜色。
水深波浪阔，无使蛟龙得。

瘴疠：读音 zhàng lì，疾疫。

樊圻・山水册一一

梦李白·其二

杜甫

浮云终日行，游子久不至。
三夜频梦君，情亲见君意。
告归常局促，苦道来不易。
江湖多风波，舟楫恐失坠。
出门搔白首，若负平生志。
冠盖满京华，斯人独憔悴。
孰云网恢恢，将老身反累。
千秋万岁名，寂寞身后事。

浮云：喻游子飘游不定。

陈少梅·仿刘松年松泉图

赠卫八处士

杜甫

人生不相见，动如参与商。
今夕复何夕，共此灯烛光。
少壮能几时，鬓发各已苍。
访旧半为鬼，惊呼热中肠。
焉知二十载，重上君子堂。
昔别君未婚，儿女忽成行。
怡然敬父执，问我来何方。
问答未及已，儿女罗酒浆。
夜雨剪春韭，新炊间黄粱。
主称会面难，一举累十觞。
十觞亦不醉，感子故意长。
明日隔山岳，世事两茫茫。

樊圻·山水册一三

送綦毋潜落第还乡

王维

圣代无隐者，英灵尽来归。
遂令东山客，不得顾采薇。
既至君门远，孰云吾道非。
江淮度寒食，京洛缝春衣。
置酒临长道，同心与我违。
行当浮桂棹，未几拂荆扉。
远树带行客，孤城当落晖。
吾谋适不用，勿谓知音稀！

桂棹：读音 guì zhào，指乘船。

陈少梅・山水图

初发扬子寄元大校书

韦应物

凄凄去亲爱，泛泛入烟雾。
归棹洛阳人，残钟广陵树。
今朝此为别，何处还相遇？
世事波上舟，沿洄安得住？

扬子：渡口名，在今江苏省江都县南。

陈少梅·红楼望梅图

烈女操

孟郊

梧桐相待老，鸳鸯会双死。
贞妇贵殉夫，舍生亦如此。
波澜誓不起，妾心古井水。

操：琴曲中的一种体裁。
古：同『枯』。

滟滪堆：yàn yù duī，三峡之一瞿塘峡峡口的一块大礁石，农历五月涨水没礁，船只易触礁翻沉。

三巴：巴郡、巴东、巴西。

陈少梅·人物四条屏

长干行·其一

李白

妾发初覆额，折花门前剧。
郎骑竹马来，绕床弄青梅。
同居长干里，两小无嫌猜，
十四为君妇，羞颜未尝开。
低头向暗壁，千唤不一回。
十五始展眉，愿同尘与灰。
常存抱柱信，岂上望夫台。
十六君远行，瞿塘滟滪堆。
五月不可触，猿声天上哀。
门前迟行迹，一一生绿苔。
苔深不能扫，落叶秋风早。
八月蝴蝶黄，双飞西园草。
感此伤妾心，坐愁红颜老。
早晚下三巴，预将书报家。
相迎不道远，直至长风沙。

骢：读音 cōng，青白色。

脍：读音 kuài，把鱼、肉切成薄片。

越女：指西施。

陈少梅·人物四条屏

洛阳女儿行

王维

洛阳女儿对门居，才可颜容十五余。
良人玉勒乘骢马，侍女金盘脍鲤鱼。
画阁朱楼尽相望，红桃绿柳垂檐向。
罗帷送上七香车，宝扇迎归九华帐。
狂夫富贵在青春，意气骄奢剧季伦。
自怜碧玉亲教舞，不惜珊瑚持与人。
春窗曙灭九微火，九微片片飞花琐。
戏罢曾无理曲时，妆成只是熏香坐。
城中相识尽繁华，日夜经过赵李家。
谁怜越女颜如玉，贫贱江头自浣纱。

杨氏女：指女儿嫁给杨姓的人家。

行：出嫁。

事姑：侍奉婆婆。

庶：读音 shù，希望。

猷：读音 yóu，规矩礼节。

陈少梅·人物四条屏

送杨氏女

韦应物

永日方戚戚，出行复悠悠。
女子今有行，大江溯轻舟。
尔辈苦无恃，抚念益慈柔。
幼为长所育，两别泣不休。
对此结中肠，义往难复留。
自小阙内训，事姑贻我忧。
赖兹托令门，仁恤庶无尤。
贫俭诚所尚，资从岂待周。
孝恭遵妇道，容止顺其猷。
别离在今晨，见尔当何秋。
居闲始自遣，临感忽难收。
归来视幼女，零泪缘缨流。

齐白石・补制借山图

凉思

李商隐

客去波平槛，蝉休露满枝。
永怀当此节，倚立自移时。
北斗兼春远，南陵寓使迟。
天涯占梦数，疑误有新知。

槛：读音 jiàn，栏杆。
移时：历时、经时。即时间流过，经历一段时间。
数：屡次。
新知：新结交的知己。

月夜

杜甫

今夜鄜州月，闺中只独看。
遥怜小儿女，未解忆长安。
香雾云鬟湿，清辉玉臂寒。
何时倚虚幌，双照泪痕干。

鄜州：读音 fū zhōu，今陕西省富县。

齐白石·山水图

饯别王十一南游

刘长卿

望君烟水阔，挥手泪沾巾。
飞鸟没何处，青山空向人。
长江一帆远，落日五湖春。
谁见汀洲上，相思愁白蘋。

白蘋：读音 bái pín，水中浮草。

长相思·其一

李白

长相思，在长安。
络纬秋啼金井阑，
微霜凄凄簟色寒。
孤灯不明思欲绝，
卷帷望月空长叹。
美人如花隔云端。
上有青冥之高天，
下有渌水之波澜。
天长路远魂飞苦，
梦魂不到关山难。
长相思，摧心肝。

樊圻·山水册一四

秋林縱鴿圖
鈴聲翼影
戾天嬌十五年
前記手摇柯
幸徘徊林下
路萬株紅
樹似前朝

齐白石·秋林纵鸽图

长相思·其二

李白

日色欲尽花含烟，月明欲素愁不眠。
赵瑟初停凤凰柱，蜀琴欲奏鸳鸯弦。
此曲有意无人传，愿随春风寄燕然。
忆君迢迢隔青天。
昔时横波目，今作流泪泉。
不信妾肠断，归来看取明镜前。

樊圻·山水册一二

旅宿

杜牧

旅馆无良伴，凝情自悄然。
寒灯思旧事，断雁警愁眠。
远梦归侵晓，家书到隔年。
沧江好烟月，门系钓鱼船。

第五卷

大江东去　浩气如虹

弟子韩干早入室，亦能画马穷殊相。
干惟画肉不画骨，忍使骅骝气凋丧。
将军画善盖有神，必逢佳士亦写真。
即今漂泊干戈际，屡貌寻常行路人。
途穷反遭俗眼白，世上未有如公贫。
但看古来盛名下，终日坎壈缠其身。

阊阖：读音 chāng hé，宫门。
圉：读音 yǔ，文中指马倌。
骅骝：读音 huá liú，赤红色的骏马，周穆王的『八骏』之一，文中指代骏马。

丹青引 赠曹将军霸

杜甫

将军魏武之子孙，于今为庶为清门。
英雄割据虽已矣，文采风流今尚存。
学书初学卫夫人，但恨无过王右军。
丹青不知老将至，富贵于我如浮云。
开元之中常引见，承恩数上南薰殿。
凌烟功臣少颜色，将军下笔开生面。
良相头上进贤冠，猛将腰间大羽箭。
褒公鄂公毛发动，英姿飒爽来酣战。
先帝御马玉花骢，画工如山貌不同。
是日牵来赤墀下，迥立阊阖生长风。
诏谓将军拂绢素，意匠惨淡经营中。
斯须九重真龙出，一洗万古凡马空。
玉花却在御榻上，榻上庭前屹相向。
至尊含笑催赐金，圉人太仆皆惆怅。

樊圻·山水册〇一

与诸子登岘山

孟浩然

人事有代谢，往来成古今。
江山留胜迹，我辈复登临。
水落鱼梁浅，天寒梦泽深。
羊公碑尚在，读罢泪沾襟。

羊公碑：后人为纪念西晋名将羊祜而建。

齐白石·静园客话图

古柏行

杜甫

孔明庙前有老柏，柯如青铜根如石。
霜皮溜雨四十围，黛色参天二千尺。
君臣已与时际会，树木犹为人爱惜。
云来气接巫峡长，月出寒通雪山白。
忆昨路绕锦亭东，先主武侯同閟宫。
崔嵬枝干郊原古，窈窕丹青户牖空。
落落盘踞虽得地，冥冥孤高多烈风。
扶持自是神明力，正直原因造化功。
大厦如倾要梁栋，万牛回首丘山重。
不露文章世已惊，未辞翦伐谁能送？
苦心岂免容蝼蚁，香叶曾经宿鸾凤。
志士仁人莫怨嗟：古来材大难为用。

閟：读音 bì。閟宫，即祠庙。

牖：读音 yǒu，窗户。

翦：读音 jiǎn，同『剪』。

齐白石 · 紫藤花图

昭阳殿里恩爱绝，蓬莱宫中日月长。
回头下望人寰处，不见长安见尘雾。
惟将旧物表深情，钿合金钗寄将去。
钗留一股合一扇，钗擘黄金合分钿。
但教心似金钿坚，天上人间会相见。
临别殷勤重寄词，词中有誓两心知。
七月七日长生殿，夜半无人私语时。
在天愿作比翼鸟，在地愿为连理枝。
天长地久有时尽，此恨绵绵无绝期。

临邛：读音 lín qióng，今四川邛崃县。
扃：读音 jiōng，门。
擘：读音 bò，分开。

长恨歌（节选）

白居易

临邛道士鸿都客，能以精诚致魂魄。
为感君王辗转思，遂教方士殷勤觅。
排空驭气奔如电，升天入地求之遍。
上穷碧落下黄泉，两处茫茫皆不见。
忽闻海上有仙山，山在虚无缥缈间。
楼阁玲珑五云起，其中绰约多仙子。
中有一人字太真，雪肤花貌参差是。
金阙西厢叩玉扃，转教小玉报双成。
闻道汉家天子使，九华帐里梦魂惊。
揽衣推枕起徘徊，珠箔银屏迤逦开。
云鬓半偏新睡觉，花冠不整下堂来。
风吹仙袂飘飖举，犹似霓裳羽衣舞。
玉容寂寞泪阑干，梨花一枝春带雨。
含情凝睇谢君王，一别音容两渺茫。

獅子岩

陈少梅·狮子岩图

马嵬坡

郑畋

玄宗回马杨妃死，
云雨难忘日月新。
终是圣明天子事，
景阳宫井又何人。

齐白石·垂钓借山图

送李中丞之襄州

刘长卿

流落征南将，曾驱十万师。
罢归无旧业，老去恋明时。
独立三边静，轻生一剑知。
茫茫江汉上，日暮欲何之。

碑高三丈字如斗，负以灵鳌蟠以螭。
句奇语重喻者少，谗之天子言其私。
长绳百尺拽碑倒，粗砂大石相磨治。
公之斯文若元气，先时已入人肝脾。
汤盘孔鼎有述作，今无其器存其辞。
呜呼圣王及圣相，相与烜赫流淳熙！
公之斯文不示后，曷与三五相攀追？
愿书万本诵万遍，口角流沫右手胝。
传之七十有二代，以为封禅玉检明堂基。

貙、罴：读音 chū、pí，野兽，喻指叛将。
斫：读音 zhuó。
愬：读音 sù，文中指李愬。
虎貔：读音 hǔ pí，猛兽，喻勇猛善战。
訾：读音 zī，同『赀』，估量。
蟠以螭：读音 pán yǐ chī，碑上所刻盘绕的龙类饰纹。

齐白石 · 绿柳白杨图

韩碑

李商隐

元和天子神武姿，彼何人哉轩与羲。
誓将上雪列圣耻，坐法宫中朝四夷。
淮西有贼五十载，封狼生貙貙生罴。
不据山河据平地，长戈利矛日可麾。
帝得圣相相曰度，贼斫不死神扶持。
腰悬相印作都统，阴风惨澹天王旗。
愬武古通作牙爪，仪曹外郎载笔随。
行军司马智且勇，十四万众犹虎貔。
入蔡缚贼献太庙，功无与让恩不訾。
帝曰汝度功第一，汝从事愈宜为辞。
愈拜稽首蹈且舞，金石刻画臣能为。
古者世称大手笔，此事不系于职司。
当仁自古有不让，言讫屡颔天子颐。
公退斋戒坐小阁，濡染大笔何淋漓。
点窜尧典舜典字，涂改清庙生民诗。
文成破体书在纸，清晨再拜铺丹墀。
表曰臣愈昧死上，咏神圣功书之碑。

锦瑟

李商隐

锦瑟无端五十弦，一弦一柱思华年。
庄生晓梦迷蝴蝶，望帝春心托杜鹃。
沧海月明珠有泪，蓝田日暖玉生烟。
此情可待成追忆，只是当时已惘然。

蒺藜：读音 jí lí，本是有三角刺的植物，这里指铁蒺藜，战地所用障碍物。

颍：读音 yǐng，颍川为地名。

齐白石·松鹰图

老将行

王维

少年十五二十时，步行夺得胡马骑。
射杀中山白额虎，肯数邺下黄须儿！
一身转战三千里，一剑曾当百万师。
汉兵奋迅如霹雳，虏骑崩腾畏蒺藜。
卫青不败由天幸，李广无功缘数奇。
自从弃置便衰朽，世事蹉跎成白首。
昔时飞箭无全目，今日垂杨生左肘。
路傍时卖故侯瓜，门前学种先生柳。
苍茫古木连穷巷，寥落寒山对虚牖。
誓令疏勒出飞泉，不似颍川空使酒。
贺兰山下阵如云，羽檄交驰日夕闻。
节使三河募年少，诏书五道出将军。
试拂铁衣如雪色，聊持宝剑动星文。
愿得燕弓射大将，耻令越甲鸣吾军。
莫嫌旧日云中守，犹堪一战取功勋。

齐白石·春秋家园借山图

经鲁祭孔子而叹之

唐玄宗

夫子何为者，栖栖一代中。
地犹鄹氏邑，宅即鲁王宫。
叹凤嗟身否，伤麟怨道穷。
今看两楹奠，当与梦时同。

鄹：读音zōu，地名。
楹：读音yíng，堂前直柱。

陈少梅・万林山居图

西塞山怀古

刘禹锡

王濬楼船下益州，金陵王气黯然收。

千寻铁锁沉江底，一片降幡出石头。

人世几回伤往事，山形依旧枕寒流。

今逢四海为家日，故垒萧萧芦荻秋。

濬：读音jùn，同『浚』。王濬为人名。

丙戌秋九月畫
於清涼僧舍
樊圻

樊圻·山水册一六

蜀先主庙

刘禹锡

天下英雄气，千秋尚凛然。
势分三足鼎，业复五铢钱。
得相能开国，生儿不象贤。
凄凉蜀故妓，来舞魏宫前。

登金陵凤凰台

李白

凤凰台上凤凰游，
凤去台空江自流。
吴宫花草埋幽径，
晋代衣冠成古丘。
三山半落青天外，
二水中分白鹭洲。
总为浮云能蔽日，
长安不见使人愁。

齐白石 · 峰回路转借山图

蕉窗夜雨圖
天涯曾聽雨瀟瀟
白盡人頭此寂寥
獨汝絕无離恨意
隔窗猶種綠天蕉

灞上秋居

马戴

灞原风雨定，晚见雁行频。
落叶他乡树，寒灯独夜人。
空园白露滴，孤壁野僧邻。
寄卧郊扉久，何年致此身。

齐白石·蕉窗夜雨图

曲沼荷風圖
漫將荷芰盡
爲裳曲岸風來
遠益香欲制蓬
蓮情織手如君何
必羨鴛鴦

齐白石·曲沼荷风图

楚江怀古·其三

马戴

野风吹蕙带，骤雨滴兰桡。
屈宋魂冥寞，江山思寂寥。
阴霓侵晚景，海树入回潮。
欲折寒芳荐，明神讵可招！

第六卷

烽火黄沙 江山如罗

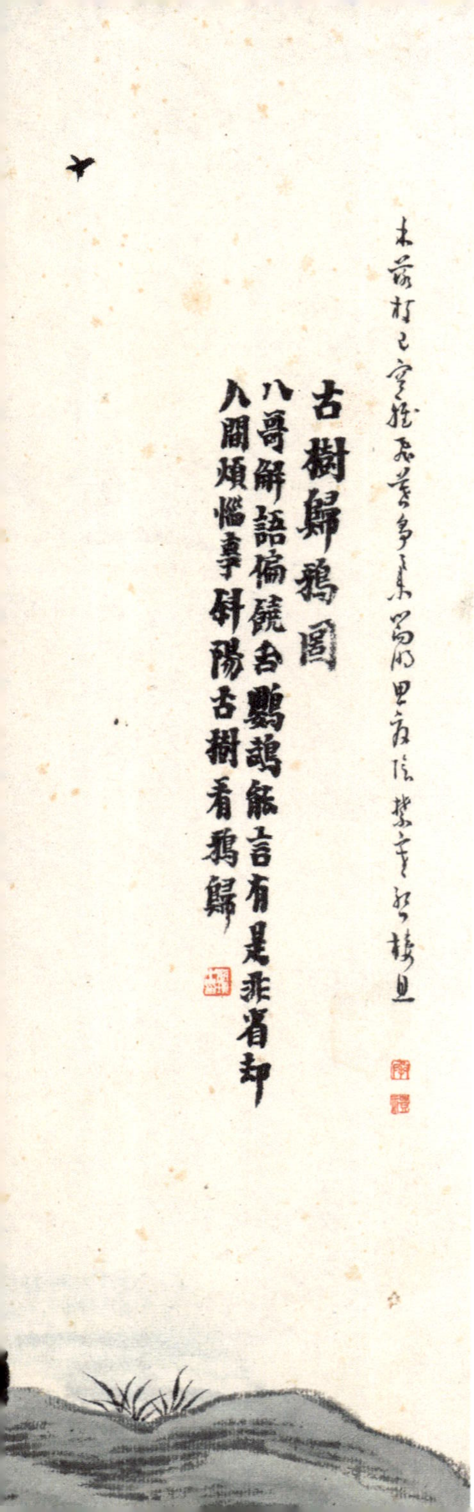

齐白石·古树归鸦图

塞下曲·其一

王昌龄

蝉鸣空桑林，八月萧关道。
出塞入塞寒，处处黄芦草。
从来幽并客，皆向沙场老。
莫学游侠儿，矜夸紫骝好。

齐白石・滕王阁借山图

塞下曲·其二

王昌龄

饮马渡秋水，水寒风似刀。
平沙日未没，黯黯见临洮。
昔日长城战，咸言意气高。
黄尘足今古，白骨乱蓬蒿。

陈少梅·梅萼飘香图

古从军行

李颀

白日登山望烽火，黄昏饮马傍交河。
行人刁斗风沙暗，公主琵琶幽怨多。
野云万里无城郭，雨雪纷纷连大漠。
胡雁哀鸣夜夜飞，胡儿眼泪双双落。
闻道玉门犹被遮，应将性命逐轻车。
年年战骨埋荒外，空见蒲桃入汉家。

饮：读音 yìn，饮马指给马喂水。
刁斗：古代军中铜制炊具，容量一斗。
蒲桃：今作『葡萄』。

一水張蒲綠半天雲雨
清扁舟去遠浦可遂打
魚情

走马川行奉送封大夫出师西征

岑参

君不见走马川行雪海边，平沙莽莽黄入天。
轮台九月风夜吼，一川碎石大如斗，随风满地石乱走。
匈奴草黄马正肥，金山西见烟尘飞，汉家大将西出师。
将军金甲夜不脱，半夜军行戈相拨，风头如刀面如割。
马毛带雪汗气蒸，五花连钱旋作冰，幕中草檄砚水凝。
虏骑闻之应胆慑，料知短兵不敢接，军师西门伫献捷。

檄：读音 xí，讨伐敌军的文告。

齐白石・香畹吟樽图

哥舒歌

西鄙人

北斗七星高，
哥舒夜带刀。
至今窥牧马，
不敢过临洮。

哥舒：指哥舒翰，是唐玄宗的大将，突厥族哥舒部的后裔。

齐白石·仙坪试马图

轮台歌奉送封大夫出师西征

岑参

轮台城头夜吹角，轮台城北旄头落。
羽书昨夜过渠黎，单于已在金山西。
戍楼西望烟尘黑，汉军屯在轮台北。
上将拥旄西出征，平明吹笛大军行。
四边伐鼓雪海涌，三军大呼阴山动。
虏塞兵气连云屯，战场白骨缠草根。
剑河风急云片阔，沙口石冻马蹄脱。
亚相勤王甘苦辛，誓将报主静边尘。
古来青史谁不见，今见功名胜古人。

旄头：读音 máo tóu，星名。旄头落指敌人败亡。

齐白石 · 石泉悟画借山图

关山月

李白

明月出天山，苍茫云海间。
长风几万里，吹度玉门关。
汉下白登道，胡窥青海湾。
由来征战地，不见有人还。
戍客望边邑，思归多苦颜。
高楼当此夜，叹息未应闲。

由来：自始以来；历来。

高楼：古诗中多以高楼指闺阁，这里指戍边兵士的妻子。

齐白石・雪峰梅梦图

白雪歌送武判官归京

岑参

北风卷地白草折，胡天八月即飞雪。
忽如一夜春风来，千树万树梨花开。
散入珠帘湿罗幕，狐裘不暖锦衾薄。
将军角弓不得控，都护铁衣冷难着。
瀚海阑干百丈冰，愁云惨淡万里凝。
中军置酒饮归客，胡琴琵琶与羌笛。
纷纷暮雪下辕门，风掣红旗冻不翻。
轮台东门送君去，去时雪满天山路。
山回路转不见君，雪上空留马行处。

惨淡：昏暗无光。

冻不翻：旗被风往一个方向吹，给人以冻住之感。

征人怨

柳中庸

岁岁金河复玉关，
朝朝马策与刀环。
三春白雪归青冢，
万里黄河绕黑山。

齐白石・鸡岩飞瀑图

公孙剑器初第一。

五十年间似反掌，

风尘澒动昏王室。

梨园弟子散如烟，

女乐馀姿映寒日。

金粟堆前木已拱，

瞿唐石城草萧瑟。

玳筵急管曲复终，

乐极哀来月东出。

老夫不知其所往，

足茧荒山转愁疾。

骖：读音 cān，古代驾在车前两侧的吗。

玳筵：读音 dài yán，玳瑁筵。

齐白石 · 玉簪花图

观公孙大娘弟子舞剑器行

杜甫

昔有佳人公孙氏，
一舞剑器动四方。
观者如山色沮丧，
天地为之久低昂。
㸌如羿射九日落，
矫如群帝骖龙翔。
来如雷霆收震怒，
罢如江海凝清光。
绛唇珠袖两寂寞，
晚有弟子传芬芳。
临颍美人在白帝，
妙舞此曲神扬扬。
与余问答既有以，
感时抚事增惋伤。
先帝侍女八千人，

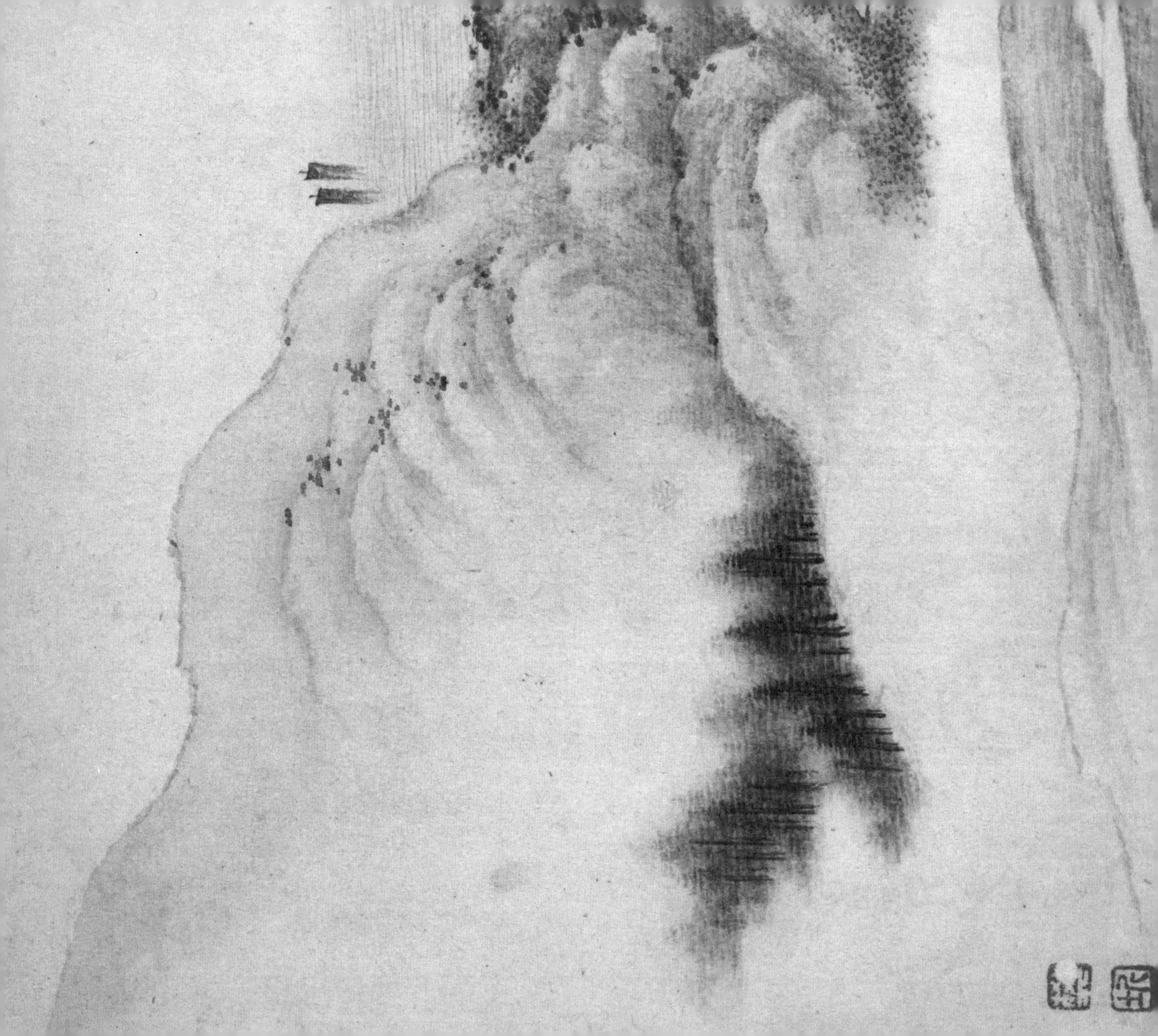

樊圻·山水册〇六

陇西行

陈陶

誓扫匈奴不顾身，
五千貂锦丧胡尘。
可怜无定河边骨，
犹是春闺梦里人。

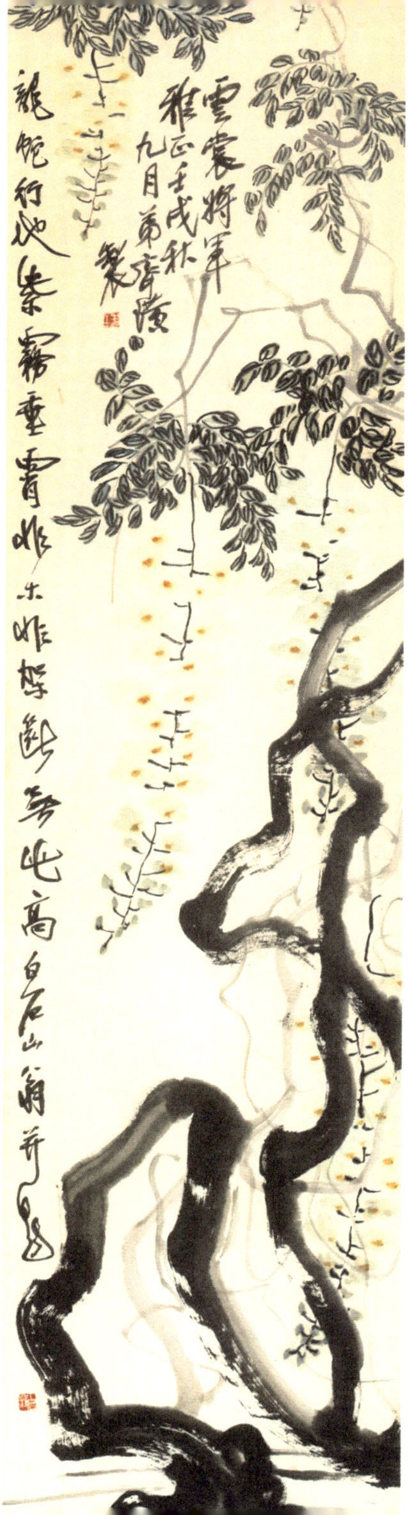

齐白石 · 紫藤图

兵车行

杜甫

车辚辚，马萧萧，行人弓箭各在腰。
耶娘妻子走相送，尘埃不见咸阳桥。
牵衣顿足拦道哭，哭声直上干云霄。
道旁过者问行人，行人但云点行频。
或从十五北防河，便至四十西营田。
去时里正与裹头，归来头白还戍边。
边庭流血成海水，武皇开边意未已。
君不闻汉家山东二百州，千村万落生荆杞。
纵有健妇把锄犁，禾生陇亩无东西。
况复秦兵耐苦战，被驱不异犬与鸡。
长者虽有问，役夫敢申恨？
且如今年冬，未休关西卒。
县官急索租，租税从何出？
信知生男恶，反是生女好。
生女犹得嫁比邻，生男埋没随百草。
君不见青海头，古来白骨无人收。
新鬼烦冤旧鬼哭，天阴雨湿声啾啾。

齐白石·清江山居借山图

望蓟门

祖咏

燕台一望客心惊，笳鼓喧喧汉将营。
万里寒光生积雪，三边曙色动危旌。
沙场烽火侵胡月，海畔云山拥蓟城。
少小虽非投笔吏，论功还欲请长缨。

古意

李颀

男儿事长征，少小幽燕客。

赌胜马蹄下，由来轻七尺。

杀人莫敢前，须如猬毛磔。

黄云陇底白云飞，未得报恩不得归。

辽东小妇年十五，惯弹琵琶解歌舞。

今为羌笛出塞声，使我三军泪如雨。

磔：读音 zhé，纷张。

第三卷

人间暑寒 四季如画

夜雪

白居易

已讶衾枕冷，
复见窗户明。
夜深知雪重，
时闻折竹声。

衾：读音 qīn，被子。

送杨氏女

韦应物

永日方戚戚，出行复悠悠。
女子今有行，大江溯轻舟。
尔辈苦无恃，抚念益慈柔。
幼为长所育，两别泣不休。
对此结中肠，义往难复留。
自小阙内训，事姑贻我忧。
赖兹托令门，仁恤庶无尤。
贫俭诚所尚，资从岂待周。
孝恭遵妇道，容止顺其猷。
别离在今晨，见尔当何秋。
居闲始自遣，临感忽难收。
归来视幼女，零泪缘缨流。

长相思·其一

李白

长相思，在长安。
络纬秋啼金井阑，
微霜凄凄簟色寒。
孤灯不明思欲绝，
卷帷望月空长叹。
美人如花隔云端。
上有青冥之高天，
下有渌水之波澜。
天长路远魂飞苦，
梦魂不到关山难。
长相思，摧心肝。

樊圻·山水册一四

锦瑟

李商隐

锦瑟无端五十弦，一弦一柱思华年。
庄生晓梦迷蝴蝶，望帝春心托杜鹃。
沧海月明珠有泪，蓝田日暖玉生烟。
此情可待成追忆，只是当时已惘然。

塞下曲·其一

王昌龄

蝉鸣空桑林，八月萧关道。
出塞入塞寒，处处黄芦草。
从来幽并客，皆向沙场老。
莫学游侠儿，矜夸紫骝好。

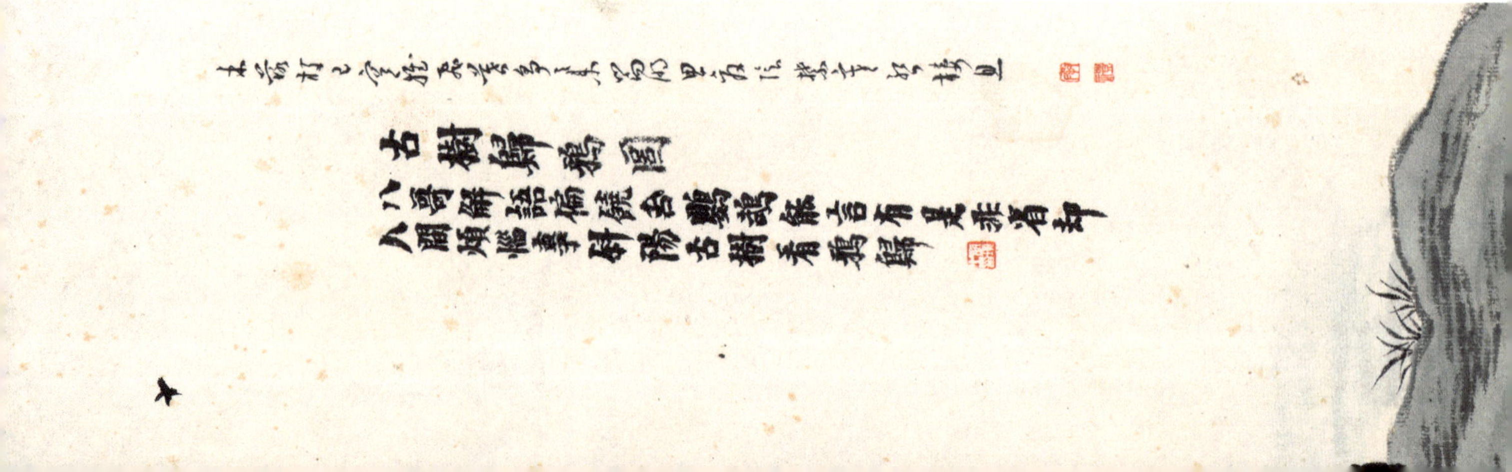

齐白石·古树归鸦图

哥舒歌

西鄙人

北斗七星高，
哥舒夜带刀。
至今窥牧马，
不敢过临洮。

哥舒：指哥舒翰，是唐玄宗的大将，突厥族哥舒部的后裔。

齐白石·竹霞洞借山图

书边事

张乔

调角断清秋，征人倚戍楼。
春风对青冢，白日落梁州。
大漠无兵阻，穷边有客游。
蕃情似此水，长愿向南流。

雪落无声冰难朽
月照无痕华自留

图书在版编目（CIP）数据

淘尽盛唐好诗 / 梓冰选编. —北京：北京理工大学出版社，2017.11
（悦读好时光）
ISBN 978-7-5682-4870-9

Ⅰ.①淘…　Ⅱ.①梓…　Ⅲ.①唐诗－诗歌欣赏　Ⅳ.①I207.22

中国版本图书馆CIP数据核字（2017）第231515号

出版发行 / 北京理工大学出版社有限责任公司
社　　址 / 北京市海淀区中关村南大街5号
邮　　编 / 100081
电　　话 /（010）68914775（总编室）
（010）82562903（教材售后服务热线）
（010）68948351（其他图书服务热线）
网　　址 / http：//www.bitpress. com. cn
经　　销 / 全国各地新华书店
印　　刷 / 北京旭丰源印刷技术有限公司
开　　本 / 787毫米 × 1092毫米　1/20
印　　张 / 10
字　　数 / 150千字
版　　次 / 2017年11月第1版　2017年11月第1次印刷
定　　价 / 68.00元

责任编辑 / 田家珍
文案编辑 / 田家珍
责任校对 / 周瑞红
责任印制 / 李志强